RONDES

CHANSONNETTES COMIQUES

DIALOGUES

POUR DISTRIBUTION DE PRIX.

PAR H. ATXEM.

GARÇONS.

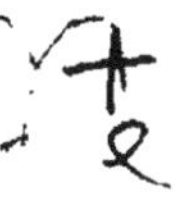

PARIS
LIBRAIRIE DE L'ENFANCE,
CHEZ CONTE-ATXEM, ÉDITEUR,
RUE SUGER, 7.

RONDES

CHANSONNETTES COMIQUES

DIALOGUES

POUR DISTRIBUTION DE PRIX.

PAR H. ATXEM.

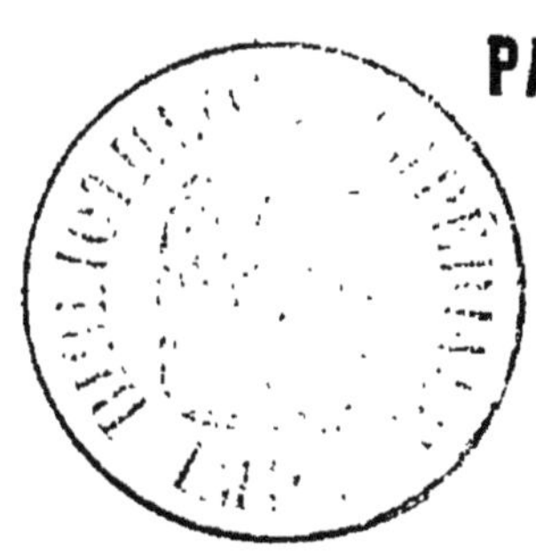

GARÇONS.

PARIS

LIBRAIRIE DE L'ENFANCE,

CHEZ CONTE-ATXEM, ÉDITEUR,

RUE SUGER, 7.

18[illegible]3

RONDES

CHANSONNETTES COMIQUES

DIALOGUES

POUR DISTRIBUTION DE PRIX.

GARÇONS.

UN GARÇON.

AIR : *Ah! vers une rive.* (Béranger.)

Jamais, dans ma classe,
Quelqu'effort qu'on fasse,
Pas un ne me passe,
Je tiens toujours bon.
Calculs et lecture,
Analyse, écriture,
A moi, je l'assure,
A moi le pompon.

Versions ou thème,
Histoire ou problème,
Sans cesse, quand même,
Je sais ma leçon.
Pourtant je redoute
Que, suivant ma route,
Quelqu'un me déboute
· me coule à fond.

(Parlé.) Ce n'est pas que je craigne un passe-droit de la part de notre professeur, il est trop équitable pour cela..... Mais, vous savez quelquefois... car Auguste me serre de bien près, Anatole aussi... et Adolphe donc!... Je suis le plus fort, c'est prouvé... mais pas de beaucoup; néanmoins, pour si peu que ce soit, je suis le plus fort... c'est l'essentiel... Mais un effort pourrait très-bien me dégommer... N'allez pas supposer que je vous dise cela par esprit de sotte vanité... Moi, orgueilleux? jamais!... fi donc, l'orgueil!... c'est si bête... Je ne vous parle ainsi que parce qu'avec vous je puis dire tout haut ma façon de penser... me parler à moi-même, quoi... N'êtes-vous pas tous des amis... et de bons amis encore... pas vrai? ne vous gênez pas... s'il y a quelqu'un qui m'en veuille, qu'il le dise... je ne lui en veux pas, moi... qu'il le dise, et aussitôt, *motus*, je me tais... Personne n'élève la voix... personne... alors, je vois bien que je ne m'étais pas trompé... Je vous disais donc que... tiens, qu'est-ce que je vous disais... c'est ma foi curieux, je n'y suis plus... aidez-moi donc, je vous prie... attendez, ça me vient... je vous disais donc :

MÊME AIR.

Jamais dans ma classe,
Quelqu'effort qu'on fasse,
Pas un ne me passe,
Je tiens toujours bon.
Calculs et lecture,
Analyse, écriture,
A moi, je l'assure,
A moi le pompon.

AIR : *Pensez à moi.* (Paris en chansons.)

S'agit-il de géographie?
Je puis, sans sortir de ces lieux,
Parler de France et d'Italie,

Pays que je connais au mieux.
Je sais assez bien mon Espagne
Pour discourir à tout propos
De ce grand pays de cocagne
Où chacun bâtit des châteaux.

(Parlé.) C'est avec passion que j'étudie la géographie, aussi, je parie, sans forfanterie, ni pédanterie, ni flatterie, que je vous y initie... Tenez, interrogez-moi pour voir :

UNE VOIX DANS LA COULISSE.

Quelles sont les principales rivières de l'Italie?

L'ÉLÈVE.

Tiens, ce n'est pas malin, ce que vous me demandez là?... les principales rivières?

LA VOIX.

Oui, les principales rivières.

L'ÉLÈVE.

Je n'en sais rien... je n'y suis pas encore... Demandez-moi quelle est la capitale de France, je pourrai vous répondre... c'est Paris. (Au public, confidentiellement :) c'est Pichon qui m'a questionné..... il est jaloux! mais jaloux..... je n'ai pas voulu lui répondre..... vous pensez bien que je les sais les principales rivières : le Tibre, le Pô, jadis l'Éridan, l'Arno... Je ne vais pas plus loin... mais, voyez-vous, Pichon est jaloux?... il voudrait accaparer tous les prix... mais bernique, chacun les siens... et Pichon n'en aura pas... il ne peut pas en avoir... Si l'on en donnait pour la gourmandise... je ne dis point... c'est lui le coq... et il en aurait pour sûr, et le premier encore... il vous avale les confitures que c'est un plaisir... mais vrai, un plaisir à en donner envie au moins gourmand... et le chocolat donc?... il vous en avale... il vous en avale... on a bien fait d'inventer la vapeur pour le fabriquer plus vite... il en mange... il en mange... à affamer le pays. Voilà encore que ce maudit Pichon est cause que je vous parle de tout et pas de ce que je veux vous dire :

Air : *Ah ! vers une rive.*

Jamais dans ma classe,
Quelqu'effort qu'on fasse,
Pas un ne me passe,
Je tiens toujours bon.
Calculs et lecture,
Analyse, écriture,
A moi, je l'assure,
A moi le pompon.

Air : *Dans un somptueux hôtel.*

Je dois l'avouer, pourtant,
Malgré que je versifie,
Mon savoir n'est pas très-grand
En fait de mythologie.
Cela tiendrait-il... à quoi?
A ce qu'aujourd'hui le mythe
A détrôné le mérite,
Quand je tiens au vrai, ma foi!

(Parlé.) Figurez-vous que, pas plus tard qu'avant-hier... on nous interrogeait relativement à la distribution des prix... on nous interroge beaucoup à cette époque... « Parlez-moi de la naissance d'Apollon? me dit le professeur. —Apollon, je lui réponds, est né dans le jardin de son père, sous une feuille de chou.—Allez vous asseoir, » riposta le professeur d'une voix assez rude... Je ne pouvais pas lui en dire davantage... c'est tout ce que j'en savais... « Et Mars, me demanda-t-il un instant après, quels sont ses attributs?... — D'être toujours en carême. — Bêta, » me dit-il... d'un ton courroucé... Pour sûr, il m'aurait renvoyé m'asseoir encore, mais j'étais sur ma chaise... je me tenais dans mon coin, bisquant de voir mes camarades se moquer de moi, lorsqu'il m'interroge une troisième fois. « Qu'est-ce que Cybèle?—Vous me plaisantez, monsieur, je lui réponds.—Qu'est-ce que Cybèle? répète-t-il d'un ton à me prouver qu'il ne plaisantait pas. — C'est la petite chienne de ma marraine... » Et là-dessus tous de rire, et lui, monsieur, de me donner un *pensum* de mille lignes..... et puis il me raya du concours mythologique... Rayé du concours... ça m'est égal... je sais que je ne suis pas très-fort .. mais tout de même j'aurais préféré que cela ne fût point arrivé... D'ailleurs on ne peut pas tout apprendre à la fois; nous verrons l'an prochain, en attendant:

Air : *Ah! vers une rive.*

Jamais, dans ma classe,
Quelqu'effort qu'on fasse,
Pas un ne me passe,
Je tiens toujours bon.
Calculs et lecture,
Analyse, écriture,
A moi, je l'assure,
A moi le pompon.

INTRODUCTION

A UNE DISTRIBUTION DE PRIX.

DIALOGUE.

DIX PETITS GARÇONS.

PREMIER ENFANT, *faisant aligner les autres.*

Voyons, rangez-vous là; là, sur le même rang.

DEUXIÈME ENFANT, *tirant l'autre par le bras et le faisant ranger lui-même.*

Moi je dois commander, car je suis le plus grand.

TROISIÈME ENFANT, *s'avançant.*

Du tout, du tout; c'est moi qui dis le compliment.

QUATRIÈME ENFANT, *le faisant rentrer.*

Je le sais mieux que toi; c'est moi qui dois le dire.

CINQUIÈME ENFANT, *même jeu.*

Mais ce doit être à moi, puisque je sais mieux lire.

PREMIER ENFANT, *même jeu.*

Moi seul j'en ai le droit, je l'ai gagné, je crois...

DEUXIÈME ENFANT, *même jeu.*

Et moi donc, s'il vous plaît, qui possède la croix.

SIXIÈME ENFANT, *de sa place.*

Monsieur, vous le savez, n'a désigné personne.

SEPTIÈME ENFANT.

C'est moi qu'il eût choisi.

DEUXIÈME ENFANT.

Dieu, quelle erreur bouffonne
De croire que Monsieur t'eût sérieusement
Chargé de réciter le moindre compliment,
Toi qui ne connais pas encor toutes les lettres?
Quelle présomption! toi, choisi par nos maîtres?

SEPTIÈME ENFANT.

Je les saurai bientôt, car je connais déjà
L'S, l'O, l'ELLE, l'EFFE, et puis encore l'A.

NEUVIÈME ENFANT, à lui-même.

Si je commençais, moi, pendant que l'on discute?
Il me faut tout au plus une seule minute.
(Elevant la voix et s'avançant.)
Mesdames et messieurs...

TOUS, l'interrompant et les plus rapprochés lui fermant la bouche.

Tu ne parleras pas.
C'est moi qui dois parler...

DIXIÈME ENFANT, s'approchant de la rampe.

Moi, pendant ces débats,
Je vais, pour en finir, vous le dire tout bas.
(Il remue les bras et les lèvres comme s'il parlait. Se retournant vers les autres enfants.
A la société je viens de faire entendre
Le joli compliment qu'on nous a fait apprendre.

TOUS.

Toi? mais tu n'as rien dit...

DIXIÈME ENFANT.

Vous le croyez, c'est bon;
Moi je l'ai dit tout bas, et dit tout de son long.

TROISIÈME ENFANT, d'une voix de fausset.

Mesdames et messieurs, toute la compagnie,
Qui venez honorer une cérémonie...

DEUXIÈME ENFANT.

Fais-nous grâce, Michard, d'un fausset éclatant.

TROISIÈME ENFANT.

Je parle mieux que toi...

DEUXIÈME ENFANT.

Qui te dit le contraire ?
Seulement ton fausset déchire le tympan.
Lorsqu'on parle au public il faut viser à plaire.
Vois moi ;
(Au public, et avec tant de volubilité, qu'on ne comprend pas un mot.)
Mesdames et messieurs, toute la compagnie,
Vous venez honorer une cérémonie.

QUATRIÈME ENFANT, se plaçant devant lui et lui mettant la main sur la bouche.

L'on ne te comprend point; tu vas comme le vent.
Écoute, pour apprendre à dire posément.
(Au public :)
Mes-dames-et-mes-sieurs-tou-te-la-com-pa-gnie,
Vous-ve-nez-ho-no-rer-u-ne-cé-ré-mo-ni-e.

DEUXIÈME ENFANT, même jeu.

Tu n'en sortiras plus; je vais finir pour toi.
Voilà comme l'on dit : (Au public.) Messieurs, écoutez-moi.
(Il paraît réciter une leçon.)
Mesdames et messieurs, toute la compagnie,
Vous venez honorer cette cérémonie.

TROISIÈME ENFANT, même jeu.

Tu récites cela comme on dit sa leçon,
On fait un compliment sur un tout autre ton.
(Au public :)
Mesdames et messieurs, toute la compagnie...
Vous venez honorer une cérémonie
Faite pour exciter notre émulation.
Nous sommes bien enfants, et notre attention...

(Cherchant.)
Et notre attention... et notre (frappant du pied,) et notre...
Ah ! j'y suis.
Vous venez de le voir, est fort souvent distraite;
Quoique bien jeune encor, néanmoins, je projette...

TOUS.

Parle, parle pour tous, et dis : Nous projetons
D'être très-studieux, devenus grands garçons,

TROISIÈME ENFANT.

D'autant plus que Monsieur, dans sa sollicitude,
Et notre professeur... nous poussent à l'étude
Comme..autant..constamment... je m'embrouille, je crois.

QUATRIÈME ENFANT.

Un petit peu, mon cher; je vais finir pour toi.
(Au public.)
Vous verriez nos progrès dès la prochaine année,
S'il vous plaisait, messieurs, à pareille journée,
Daignant nous honorer d'une faveur sans prix,
Venir comme en ce jour assister à nos prix.

DIALOGUE.

DEUX GARÇONS.

ERNEST, ALPHONSE.

Les livres des prix sont placés sur une table et recouverts d'une toile.

ERNEST, entrant par la gauche et parlant à la cantonade.

Oui, monsieur, vous pouvez vous en rapporter à moi; soyez tranquille, je veillerai à ce que personne ne vienne ureter sur cette table. (Il s'approche de la table.) Les voilà, cefs prix. (Il soulève un coin du drap et regarde dessous.) Et dire que j'ignore quels sont ceux qu'on me destine, et je les garde encore. (Il prend un livre, l'ouvre et lit.) Alexandre Grandisson, prix de mémoire. (Parlé.) C'est juste, c'est bien mérité; il récite comme un perroquet, un vrai perroquet; mais tirez-le de là, plus rien; un mot oublié, un seul mot, et bonjour... adieu les amis; la leçon est flambée. J'aime mieux avoir moins de mémoire, moi, et retenir ce que j'apprends. Quelqu'un vient. (Il remet vivement le livre à sa place et s'éloigne de la table en fredonnant, afin de donner le change. A Alphonse qui entre.) Tiens, c'est toi, Alphonse.

ALPHONSE.

Comme tu vois, c'est moi-même en personne, qui viens furtivement (en disant ces mots, Alphonse soulève un coin de la toile qui couvre les livres) pour tâcher d'apprendre quels seront mes prix.

ERNEST, l'écartant et recouvrant les livres.

J'en suis fâché; mais tu ne le sauras pas.

ALPHONSE.

Et la raison?

ERNEST, d'un ton d'importance.

Je veux bien te la donner, quoique je sois libre de ne rendre compte à personne. Monsieur m'a commis à la garde...

ALPHONSE.

Et c'est toi qu'il a chargé de ce soin? le plus curieux de la classe.

ERNEST.

Cela te plaît à dire.

ALPHONSE.

Cela est ainsi.

ERNEST.

Curieux ou non, tu n'y toucheras pas.

ALPHONSE, *à part.*

Nous verrons bien. (*Haut.*) Dans ce cas, il ne faut pas forcer la consigne.

ERNEST.

Je te le conseille, car je ne céderai point.

ALPHONSE.

Ah! sois tranquille; je ne tenterai pas de te forcer la main... (*D'un ton confidentiel.*) C'est égal, Monsieur te joue un mauvais tour. (*Se parlant à lui-même, mais assez haut pour être entendu d'Ernest.*) Faire garder des prix à celui qui ne doit pas en avoir...

ERNEST.

Tu dis?

ALPHONSE.

Moi, rien.

ERNEST.

Mais si; tu as dit : Faire garder les rix à celui qui ne doit pas en avoir.

ALPHONSE.

Tu crois.

ERNEST.

Tu l'as dit.

ALPHONSE.

Impossible.

ERNEST.

Certainement, tu l'as dit; je l'ai bien entendu, j'espère.

ALPHONSE.

Tu as cru l'entendre, mon ami, et tu l'as rêvé.

ERNEST.

J'en suis certain; mais là, bien certain.

ALPHONSE, *à part.*

Je le tiens. (*Haut.*) Dans ce cas, écoute, tu ne me compromettras pas, au moins?

ERNEST.

Jamais.

ALPHONSE.

Tu n'en parleras à personne?

ERNEST.

Tu peux y compter.

ALPHONSE.

Assurément.

ERNEST.

Je te le promets.

ALPHONSE.

Mais, vrai.

ERNEST, *impatienté.*

Oui, oui, oui, oui, oui.

ALPHONSE.

C'est que... vois-tu... je crains...

ERNEST, *avec humeur.*

Eh! parle donc.

ALPHONSE.

J'y suis; écoute... Merluchon m'a dit... attends, on nous écoute, peut-être... va voir aux portes... (*Ernest fait un pas pour s'assurer qu'il n'y a personne.*) Non, attends; j'aime mieux m'assurer par moi-même

ERNEST, *avec humeur.*

Oh! tu m'impatientes.

ALPHONSE.

Tant pis pour toi... je ne veux pas me compromettre. (A

part.) La machine est assez chauffée comme ça... elle partira à toute vapeur, j'en suis certain.

ERNEST, toujours avec humenr.

Mais va donc.

ALPHONSE. Il va avec une précaution comique aux deux portes, et dit en retournant auprès d'Ernest.

Personne. (D'un ton déclamatoire.) Nous sommes seuls, écoute.

ERNEST, impatienté.

Mais je ne fais pas autre chose depuis un quart d'heure.

ALPHONSE, d'un ton déclamatoire.

Tu danses sur un volcan.

ERNEST, d'un ton d'impatience suppliante.

Finis donc, je t'en prie.

ALPHONSE.

Voilà : Merluchon m'a dit avoir aidé à placer les noms des lauréats sur les livres destinés aux prix, et puis....

ERNEST, attentif.

Et puis?

ALPHONSE.

Et puis... faut-il te le dire?...

ERNEST, impatienté.

Eh! oui, oui, oui, mille fois oui!

ALPHONSE.

Arme-toi de courage.

ERNEST, avec humeur.

J'en ai... mais parle, parle donc.

ALPHONSE.

Tu en as? c'est heureux... et puis, il prétend avoir vu les noms de tous ceux de la classe, sauf le tien.

ERNEST, *d'un ton craintif.*

Tu crois ?

ALPHONSE.

Il me l'a dit.

ERNEST.

Impossible !

ALPHONSE.

Regarde, regarde... tu te convaincras toi-même...

ERNEST, *pensif.*

Si c'était vrai, pourtant.

ALPHONSE.

On en a vu bien d'autres.

ERNEST, *toujours pensif.*

Mais ce serait affreux.

ALPHONSE.

C'est ce que j'ai dit... et voilà le motif qui me guidait lorsque je suis venu voir les livres. (*D'un ton dégagé.*) Car pour moi, je n'y tiens pas. (*D'un ton confidentiel.*) Tu penses bien que Merluchon m'a annoncé ceux qui m'étaient destinés.

ERNEST, *s'approchant de la table.*

Je vais m'en assurer par moi-même.

ALPHONSE, *à part, se frottant les mains.*

La locomotive est partie.

ERNEST, *soulevant le linge qui couvre les livres.*

Je tremble de crainte.

ALPHONSE, *venant à lui.*

Mais, finis donc ; Monsieur a défendu, tu sais...

ERNEST.

Laisse-moi tranquille.

ALPHONSE, venant à la table.

A ton aise. (Il prend un livre et l'ouvre.) A ta place, je n'y toucherais point, puisque Monsieur l'a défendu... (L'un et l'autre ouvrent et referment précipitamment plusieurs livres.)

ALPHONSE.

Tiens, vois-tu? Alphonse; prix de grammaire (1).

ERNEST.

Et moi, rien encore.

ALPHONSE.

Cependant le prix de dessin t'est bien dû.

ERNEST.

Je suis le plus fort.

ALPHONSE, il recherche; après avoir ouvert deux ou trois livres.

Prix de dessin, Ernest. Que disait donc Merluchon?

ERNEST, avec empressement.

Voyons? voyons? (Avec joie.) Mais oui, mais oui; c'est bien moi.

ALPHONSE, il recherche encore.

Prix d'histoire de France, Alphonse. En voilà deux.

ERNEST.

Oh! mon Dieu! l'on vient... Et vite, remettons à leur place.

ALPHONSE.

Attends, attends, prix de géographie, Ernest...

ERNEST, avec joie.

Fais voir.

ALPHONSE.

Oh! tu y es en toutes lettres.

(1) MM. les Instituteurs peuvent changer les désignations des prix pour le faire concorder avec ceux revenant aux élèves qui joueront dans ce Dialogue.

ERNEST.

Quel bonheur? et ce Merluchon qui n'a pas vu mon nom.

ALPHONSE.

Imbécile, c'était pour te faire aller que je te l'ai dit.

ERNEST.

Ce n'était donc pas la vérité ?

ALPHONSE.

Mais non ; je voulais t'amener à me permettre de voir si j'avais moi-même des prix.

ERNEST.

C'est égal, je n'en suis pas fâché.

ALPHONSE.

Tant mieux... La fable du *Renard et du Corbeau.*

ERNEST.

Dépêchons-nous de remettre en ordre ces livres.

ALPHONSE.

La garde ne m'en est pas confiée ; arrange-toi.

ERNEST.

Oh ! mon Dieu ! l'on vient.

ALPHONSE.

A ton aise, adieu...

ERNEST, arrangeant les livres avec empressement et préoccupation.

Que va dire Monsieur en voyant ce désordre?

ALPHONSE.

Il appréciera le choix qu'il a fait.

ERNEST.

Tu es bien méchant.

ALPHONSE, l'aidant.

Je me rends, maintenant que je t'ai prouvé que, dans toutes les circonstances, il faut se méfier de son côté faible; l'on évite ainsi qu'on vous fasse aller comme une marionnette. (Ils arrangent les livres; mais à peine sont-ils aux trois quarts de leur arrangement, qu'il entre quelques élèves; aussitôt ils les recouvrent avec précipitation, en se plaçant l'un et l'autre de façon à cacher leur indiscrétion.)

LE PRIX DE PHILANTHROPIE

CHANSONNETTE.

A la fin nous voici arrivés à ce grand jour vulgairement désigné par cette désignation banale : *Jour de la distribution des prix;* si j'avais la certitude d'être distingué, je lui donnerais un titre plus ronflant, plus analogue à la circonstance; je le désignerais par : *Solemnité du couronnement.* Mais voilà, je n'ai pas cette certitude, et je garde mon mot pour moi... que dis-je? je n'ai pas cette certitude?... Oui, je l'ai cette certitude... pas sur le français, par exemple. (Il s'avance sur le devant de l'estrade et confidentiellement au public.) Je fais des cuirs... pas sur l'histoire; encore un; j'ai beau vouloir, je brouille, je m'embrouille, je bredouille... mais au point que Grecs, Romains, Français, Turcs, Anglais, Allemands, Russes, Flamands, Goths, Visigoths, Ostrogoths, et *touti quanti,* sont pour mois de la même famille.

AIR : *Ah! vers une rive.* (Béranger.)

Sur roi, prince ou doge
Que l'on m'interroge,
Mon esprit déloge
Sans se prononcer,

Car jamais l'histoire,
Vous pouvez m'en croire,
N'a, dans ma mémoire,
N'a pu se classer...

De Paul, Clélie,
La Renaudie,
Charle, Aspasie
Je m'occupe peu :
Aux barres, billes,
Toupie ou quilles,
Des plus habiles
Je me fais un jeu.

(Parlé.) Mais voilà, je n'ai pas de chance, ces sciences-là ne sont pas couronnées par la Sorbonne... Ce n'est pas étonnant... elle ne compte que des personnes d'un âge mûr à la Sorbonne. Oh ! s'il en était différemment, je ne serais pas en peine d'en avoir des prix, et des premiers encore... Je pourrais me les promettre par douzaine ; tandis que je ne puis guère en espérer qu'un seul... hélas ! oui... (il soupire), un seul !... Celui-là, personne n'oserait me le disputer... il m'appartient de droit... à moins d'injustice, et l'injustice n'est pas admise dans notre pension ; Monsieur est trop équitable pour en permettre l'ombre seulement... Oui, un seul, et je l'ai bien gagné... Oh ! je l'aurai... Aussi, vais-je me carrer lorsqu'on appellera... avec quelle attention j'attendrai qu'on prononce : *Premier prix de sollicitude*, à M. Léonard Caramel... Me voilà, je réponds, et e vole sur l'estrade... (Imitant le professeur :) Messieurs et mesdames, dit d'un ton solennel le professeur chargé de la distribution... Messieurs et mesdames, j'ai la douce satisfaction de vous présenter l'Élève le plus méritant de ma classe... Sa sollicitude pour ses camarades serait poussée au-delà de toute expression, si elle n'était surpassée encore par celle qu'il porte à sa famille...

Léonard Caramel... ajoute Monsieur, me prenant par la main... se dévoue à la santé de tous... il veut à tout prix préserver d'un empoisonnement tous ceux qui l'entourent, et même de la moindre colique... Dans ce but, il flaire la friandise à une lieue à la ronde, touche à tout, tâte à tout, goûte à tout... Par la santé de Caramel je connais celle de mes élèves... Caramel en est le thermomètre... Le croiriez-vous, messieurs?... Impossible, par ce temps d'égoïsme qui court... et cependant je n'exagère point... nulle friandise n'entre dans ma pension sans que Caramel en connaisse le goût avant son propriétaire, ou, s'il échoue dans sa tentative, pas de friandise dont il ne tire sa portion, soit qu'il se fasse inviter, soit qu'il s'invite lui-même... et tout cela, par dévouement, par pure philanthropie; Caramel n'est pas gourmand... il court après la friandise... et la déteste... il s'en empare... mais dans le seul but d'être utile, d'être fraternel, de pratiquer ces belles paroles : *Aimez-vous les uns les autres...* Puis, après une pause pendant laquelle il se mouchera, prendra du tabac, et fera claquer ses doigts comme cela (il imite), Monsieur ajoutera :

Ne vous figurez point que cette ardeur extrême
Faiblisse avec le temps :
Caramel pour autrui sera toujours le même
Jusque dans ses vieux ans.

Ici, je verse une larme sentimentale... les paroles de Monsieur m'ont attendri... elles m'ont frappé au cœur, et je me promets bien de persister à me dévouer ainsi pendant toute ma vie, durerait-elle cent mille ans, puis, Monsieur ajoute : il faut le voir à l'œuvre...

Dans les dortoirs, le réfectoire,
Dans chaque malle, chaque armoire,
Et jusqu'au plus petit recoin,

Infatigable, on peut le croire,
Caramel furète avec soin.

Je laisserai Monsieur finir mon éloge... je ne l'interromprai point; ce serait impoli.. puis, d'un ton de circonstance... c'est-à-dire, modeste... m'adressant à vous, mesdames et messieurs, je vous chanterai sur l'air de la *Lithographie*... il est bien suranné cet air... j'en conviens; mais je n'en sais pas d'autre.

AIR : *Vive la lithographie.*

C'est vrai, je me sacrifie,
Mon estomac est à bas,
Je le bourre à faire envie
A tous les Gargantuas.
Je viens, dans le même jour,
En aide à Monge, à Lacour,
A Paul, à Jean, à Lucas,
Que je tire d'embarras;
Louis reçoit de sa mère
Un échauffant saucisson,
Pour sa santé, qui m'est chère,
J'en croque une portion.
J'aide de même Antonin
A flûter tout son raisin;
J'en fais autant pour Lebon,
Possesseur d'un gros melon.
Le chocolat de Gustave,
Les figues de Létournés;
De Prosper le vin de Grave
Ne sont pas plus épargnés.
Par le même sentiment,
Je suis guidé constamment.
Aussi, nul dans la maison
N'appréhende le poison.
Enfin je me sacrifie,
Mon estomac est à bas;

Je le bourre à faire envie
Aux plus fameux Gargantuas.

(Parlé.) Sans fatuité, je puis le dire que j'en sauve de rudes à mes camarades. Hier encore, Alexandre venait de recevoir un pot de marmelade... il le dépose dans sa malle qu'il oublie de fermer à clef, et descend dans la salle d'étude... Avec mon adresse ordinaire, je m'empare du pot, et, caché dans la cave, derrière un tonneau vide, j'avale une pincée de marmelade (il fait le geste) comme cela... puis, de pincée en pincée, je pousse mon ardeur de dégustation préservative jusqu'à lécher le pot... Une heure après, je me tortillais dans des coliques affreuses... pauvre Alexandre, je l'ai sauvé d'une belle... mais des coliques.... j'en étais tout pelotonné... Quelle imprudence! cuire ses confitures dans un poêlon de cuivre mal étamé.

Un autre à ma place se découragerait, mais moi... jamais, je suis trop philanthrope... L'autre jour, pendant le dîner, je vois apporter un flacon qu'on dépose sur la cheminée du réfectoire... Nous entrons en classe... Intrigué sur son contenu... je cherche un prétexte pour sortir... je viens au réfectoire... personne... précipitamment je vide le flacon dans un verre et j'avale d'un trait le contenu... C'était une peste... j'en crachai pendant une heure... j'avais avalé de l'huile de ricin... jugez de l'effet... je venais de manger... Je manquai de périr.

Une autre fois encore... du dortoir on voit très-bien les fenêtres de notre professeur de dessin... sur l'une d'elles reposait depuis plusieurs jours un bocal bouché avec soin. Je le guinchais... mais comment l'atteindre?... il le fallait cependant... notre professeur pouvait imprudemment s'empoisonner... je m'ingénie... toujours dans le but d'être utile... et je parviens dans son appartement... J'atteins le bocal, je le débouche et je bois à même... Brrrrou, brrrouou... c'était de l'eau de mer... et c'est mauvais l'eau de mer... mauvais à vous soulever les entrailles...

MÊME AIR:

Malgré toute modestie,
Je prétends, mais hardiment,
Au prix de philanthropie,
Au grand prix de DÉVOUEMENT,
Tant pour mes déceptions
Que mes indigestions...
Combien de fois j'en ai pris
Pour soulager mes amis?
Tenez, l'autre jour encore,
Mir reçut un pâté gras;
Deux heures avant l'aurore,
De mon lit j'étais à bas.
Je me faufile en sournois
Et j'obtiens en tapinois,
Ce pâté lourd, doré, rond,
Dont je prends ma portion.
Or, rien n'est plus indigeste...
Et moi, pour préserver Mir,
J'y gagnai, je vous l'atteste,
Un mal qui fait bien souffrir.

(Parlé.) C'était une indigestion... je souffrais... je souffrais... l'on me faisait ingurgiter de l'eau tiède... j'en avalais par seaux... et je souffrais toujours... je n'y reviendrai plus... je n'y reviendrai plus, disais-je à chaque seau d'eau que l'on m'ingurgitait... je n'y reviendrai plus... Mais bernique, j'y suis revenu... ce qui prouve que je suis né pour me dévouer dans l'intérêt général... pour tous, connus ou non connus.

MÊME AIR:

Aussi, ma philanthropie
Me vaudra, dans un instant,

Ce premier prix que j'envie,
Prix de grand dévouement.
A bon droit, il me revient,
(*Au public.*)
Messieurs, vous le voyez bien,
Tant pour mes déceptions
Que mes indigestions.
Car, vrai, je me sacrifie,
Mon estomac est à bas;
Je le bourre, je parie,
Plus que les Gargantuas.

LE MUSARD.

(Il arrive en courant sur l'estrade, et, tout essoufflé, il dit, s'adressant à la société.)

Vous m'attendiez, n'est-ce pas?... J'en suis fâché, bien fâché... mais que voulez-vous? tant de choses m'ont retardé... je vous en demande pardon... Papa prétend que je suis musard... il me le dit sans cesse... Avec le respect que j'ai pour lui... je ne suis pas de son avis; il erre... Je suis retardé quelquefois, c'est vrai... j'arrive souvent après les autres... même parfois trop tard... c'est encore vrai... mais il ne s'ensuit pas de là que je me plaise à muser... c'est toujours par quelque anicroche que je suis retenu. Mais j'en trouve de ces anicroches...

Air : *Je loge au quatrième étage.*

Dans Paris tant de monde afflue
Qu'on y rencontre à chaque pas
Une foule obstruant la rue,

Avec mille autres embárras.
Ici, c'est le sol qu'on défonce,
L'on démolit juste à côté;
Là, dans le macadam j'enfonce;
Partout je me trouve arrêté.

(Parlé.) Tenez, aujourd'hui, par exemple... je savais que je serais honoré d'une société nombreuse... mon père me l'avait dit... A cette nouvelle, si flatteuse pour un élève... car, je me figure, messieurs, que vous êtes venus pour assister à mon couronnement. (Appuyant sur cette dernière phrase.) A cette nouvelle si flatteuse... Tu me réveilleras de grand matin, dis-je à mon père...—Oui, mon ami...En effet, il n'a pas manqué; dès cinq heures il appelle (Appelant :) Loulou, Loulou; c'est mon petit nom Loulou... c'est ma tante qui me l'a donné en souvenir d'un carlin qu'elle perdit à la retraite de Russie... elle y tient, ma tante... et je respecte sa volonté.. J'y vais, je réponds à mon père... et je n'y vais pas... j'avais bien le temps. . la cérémonie n'aura lieu qu'à une heure après midi.... Il m'appelle encore... j'y vais, et je n'y vais pas... J'ai le temps, lui dis-je, il n'est que six heures. — Tu as le temps? comme toujours... Voilà que je me rendors... Heureusement qu'il veillait pour moi, ce pauvre père. — Loulou (il appelle), il est sept heures... Sois sans inquiétude... j'ai le temps, et je me rendors... Loulou (il appelle),il est neuf heures; tu t'oublies... Neuf heures! si tout autre que mon père me l'avait dit, Louchonnet, par exemple, j'en aurais douté, tant j'avais sommeil encore. Je me lève en m'étirant comme ça (il fait le simulacre), je frotte mes yeux que je ne parvins à rouvrir qu'à moitié... et tout en bâillant, je me dispose à me préparer pour me préparer pour la solennité... Je ne me pressais point... Voilà que, tout en me préparant, l'idée de compter me vient; je compte et je trouve que j'ai quatre heures devant moi... Une pour m'habiller, une pour déjeuner, et une pour me rendre ici... Quatre heures, et il ne m'en faut que trois... Il me reste une heure; dans toute autre circonstance, j'en aurais fait ce que j'aurais voulu... mais le jour des prix, lorsqu'on s'attend à être couronné, on l'utilise... C'est ce que j'ai fait... je me suis recouché.

Même Air.

Entre mes deux draps je me jette
Dans le seul but de réfléchir
A des devoirs que je projette,
Et j'ai fini par m'endormir.
Mon père monte; il me réveille,
Me secouant avec dépit;
Puis, il me prend par une oreille,
Et me fait sauter hors du lit.

(Parlé.) C'est dommage... je rêvais... j'étais heureux... jamais plus beau rêve que le mien... Assurément je me serais recouché pour le continuer, si mon père n'était pas resté auprès de moi... Vous allez en juger; c'était par une de ces belles nuits d'été dont le midi seul est favorisé; j'étais avec Chippolard, Potiron, Bibi, Jacquemard, Louchonnet, Leguinche, Riqui et plusieurs autres de mes camarades, sur une gondole mollement balancée par les eaux limpide, comme dit le professeur de rhétorique de mon frère aîné... Une musique délicieuse accompagnait les pas gracieux... de l'ours Martin que l'on faisait danser à deux mètres de nous... J'étais dans la jubilation... car j'aime avec fureur la danse de l'ours... je l'aime à tel point, qu'une fois grand, je choisirai cet état... pas celui d'ours, par exemple, celui de conducteur. Quel charme que celui d'employer son intelligence à développer celle de cet animal!... Oh! mon père m'a rendu un mauvais service en me réveillant... Pardon, messieurs, de ma bêtise... je n'aurais pas dû vous le dire ici... puisque c'était pour venir auprès de vous... surtout lorsque je vous ai fait attendre... mais je ne réfléchis pas toujours; je suis trop vif, trop étourdi, trop pétulant. Jeudi dernier encore, je fis une bêtise; nous étions à la campagne de ma tante... celle qui la première m'a appelé Loulou .. Elle aime les chiens avec passion, ma tante... elle en est toujours entourée... ne voilà-t-il point que je marche sur la patte d'un petit griffon... Le chien crie, ma tante gronde, et moi je ris... Qu'ai-je fait?... grands dieux !... elle me bat... et je ris encore... depuis lors elle ne m'a plus parlé. Mais je sors de la question... Voilà que je m'habille sous les yeux paternels... Il faut le temps à tout... et mon père me presse... me presse, à tel point, que je suis prêt à descendre dans moins d'une heure et quart... il faut bien ce temps pour s'habiller promptement... (Il s'avance vers le public.) Aussi ma cravate ne va pas exactement bien, n'est-ce pas? puis je descends déjeuner au galop... Je n'ai mis qu'une heure encore afin de me diriger très-promptement vers ma pension... nous demeurons rue... (Il indique un quartier éloigné.)

Même Air.

Dans Paris tant de monde afflue
Qu'on y rencontre à chaque pas
Une foule obstruant la rue,
Avec mille autres embarras.
Ici, c'est le sol qu'on défonce,
L'on démolit juste à côté;
Là, dans le macadam j'enfonce;
Partout je me trouve arrêté.

(Parlé.) J'ai promptement abrégé mon déjeuner... puisque je n'ai pris qu'une heure et quart tout au plus... avec précipitation... je suis sorti de la maison.... A peine dans la rue, je vois un groupe au milieu duquel s'élève un chanteur... Je ne voulais pas m'arrêter... je marchais vite, comme ça (il fait le simulacre et marche lentement), lorsqu'il entonne la romance du Juif-Errant... je suis fou de cette romance... je l'écoute jusqu'au bout et je repars... Je presse mon pas afin de regagner le temps perdu... Je marchais, je marchais... (il marche très-lentement) aussi vite que cela... comme la vapeur, lorsque je me trouve auprès d'un marchand de savon à dégraisser... il me présente une tablette... je la refuse... il prend le collet de mon habit pour m'en prouver l'excellence... je lui fais remarquer que j'ai un habit neuf... C'est égal, il me retient... je fais des efforts pour lui échapper, il me retient plus fortement... Je me résigne à le laisser faire... il mouille, il mouille, il mouille, et puis il frotte, il frotte, il frotte, au point que j'en suis pour un collet taché et dix centimes qu'il réclame pour l'avoir sali, mon collet d'habit neuf... je lui échappe à la fin... moyennant mes dix centimes. Pour rattraper le temps perdu, je cours comme tout à l'heure; je prends la rue (l'indiquer); mais voilà que lorsque je suis au milieu, je vois les passants se réunir en foule à cent pas devant moi... J'arrive.. je m'arrête... c'est si naturel de désirer savoir ce qui se passe sous nos yeux... Je questionne tout en pénétrant au milieu de cette foule compacte... C'était un chat qui venait de tomber d'une croisée... J'aurais envoyé foule et chat à tous les diables... J'étais en retard... l'idée me *prend* de *prendre* un omnibus; j'entre au bureau... il arrive, je me presse... pas de place pour moi... j'avais le n° 13, numéro de malheur... Je me résigne, dans dix minutes et il en passera un autre... je les gagnerai bien mes dix minutes, me dis-je, et j'attends... J'étais impatient... à la fin il passe... je cours... Complet... Encore dix minutes à attendre... cette fois il y a de la place pour moi... J'entre... mais je n'ai pas de chance... l'omnibus fait un grand détour à cause d'une rue barrée pour cause d'égout qu'il rencontre sur son passage... Enfin me voilà... et ce n'est pas sans peine... j'en suis encore tout essoufflé.

Même Air.

Dans Paris tant de monde afflue
Qu'on y rencontre à chaque pas
Une foule encombrant la rue
Avec mille autres embarras.
Ici, c'est le sol qu'on défonce,
L'on démolit juste à côté;
Là, dans le macadam j'enfonce;
Partout je me trouve arrêté.

UN GARÇON.

Air : *Ah! vous dirai-je, maman.*

Ah! vous dirai-je, messieurs,
Ce qui me rend soucieux?
Ne faites pas l'imprudence
D'user de ma confidence;
Qu'ici chacun soit discret,
N'ébruitez pas mon secret.

(Parlé.) Voyez-vous, messieurs... et vous aussi, mesdames... je ne veux pas vous en faire un mystère... je serais d'autant plus blâmable, qu'on peut toujours compter sur votre discrétion... Voilà donc que... mais, là, vous ne le direz pas au moins... surtout à mon professeur... il me punirait... à papa non plus..... je serais grondé pour sûr..... A maman, si cela vous démange tant et tant, vous pouvez lui en glisser un mot à l'oreille, mais à l'oreille seulement, et à elle seule...

pas à d'autres, sauf à vos concierges, mâles ou femelles.... ils sont discrets les concierges.... vous pouvez leur en parler en toute liberté. Mais revenons à maman... Naturellement les mamans sont faibles... et particulièrement la mienne... Elles se figurent ne pas l'être, mais elles le sont, que c'est un plaisir... il n'y a qu'à savoir les prendre... et ce n'est pas bien difficile... elles ont tant de côtés faibles pour leurs enfants... qu'ils sont assurés d'avance d'arriver à leurs fins... C'est donc bien arrêté, vous ne me trahirez pas... je puis y compter ? (S'avançant sur le devant de l'estrade, d'un ton mystérieux et baissant un peu la voix.) J'ai été paresseux... oui, paresseux et bien paresseux... mais au point que je suis tourmenté... Je ne suis pas le seul de ma classe, tant et tant d'autres le sont comme moi... mais, il faut en convenir, pas autant que moi... aussi suis-je sur des charbons ardents... je suis tourmenté, tortillé, torturé par le regret... J'aurais pu avoir six, sept, dix, douze prix peut-être, et je n'en obtiendrai pas un seul. (Il soupire.) Je serai renvoyé les bras ballants, comme un paresseux que je suis... (Il soupire encore.) Ah! oui, je n'aurai rien... je serai mystifié... et je ne l'aurai pas volé.

AIR : *Un beau vers, une belle phrase.*

Bien loin de blâmer la paresse,
Moi je m'y livre avec ivresse,
Et je ne vois pas trop pourquoi
L'on ne ferait pas comme moi;
Le labeur me déplaît, me lasse;
Grand paresseux, je me prélasse
Selon la saison et le lieu,
Loin du soleil ou près du feu.

(Parlé.) Décidément, l'homme n'a point encore atteint ce point de haute philosophie qui fait envisager les choses sous leur vrai jour... il y viendra, il y viendra... et alors, loin de le blâmer, il élèvera le paresseux à la plus haute dignité, et donnera à la paresse la suprématie sur toutes les autres qualités ou vertus humaines. C'est si bon, en été, comme aujourd'hui... dans l'eau... avec ses camarades, joutant à qui nagera le plus longtemps sans s'arrêter (il imite les nageurs) quel plaisir !... en barbotant comme les canards.... Heureux volatile.... heureux... mais quand je dis heureux... pas trop heureux... si je le considère dans une casserole... entouré de navets... chantant le chant du cygne, avec accompagnement de beurre et de lard.... prrrrrouououou... prrrrrouououou... Malheureuse destinée... et dire qu'ils n'y échappent que par le supplice de la broche... (Avec un soupir partant du fond de sa poitrine.) Infortunés canards!... De quoi parlions-nous donc? ah! j'y suis... je vous disais que j'ai été bien paresseux.... et cependant; mais vrai, j'ai toujours eu l'intention de travailler... Aussi, puis-je vous certifier qu'il n'y a jamais eu de ma faute... le matin je me dis, avec une conviction bien arrêtée : Ce soir en rentrant de ma classe, j'apprendrai mes leçons, toutes mes leçons... Le soir arrive... je rentre... je goûte... il faut bien goûter... cela prend du temps... puis Bournichon ou Colichet ou Friture... quelquefois même les trois ensemble arrivent en goûtant aussi... l'on cause, l'on mange... l'on sort sur la porte d'abord... puis dans la rue... et l'on va... l'on va... les leçons seules ne vont pas... puis l'on rentre... le dîner est là... et les pauvres leçons sont mises de côté... oubliées... C'est désespérant d'être obligé de se substanter pour vivre... cela vous fait perdre un temps... un temps bien précieux pour le travail.

Air : *Des chagrins ridicules*. (Paris en chansons.)

Ce n'est pas tout, mes chers messieurs,
Mon estomac, lorsqu'il digère,
M'énerve et me rend paresseux
Au point de ne pouvoir rien faire.

Quand j'ai mangé, je veux en vain
Me captiver à quelque chose...
Je veux étudier, soudain
A mon vouloir monsieur s'oppose.

(Parlé.) C'est triste, c'est guignolant... surtout pour moi qui vais être privé de prix... mais guignolant au point que mon estomac est un tyran, un vrai tyran... A peine sur pied, il me tiraille jusqu'à ce j'ai pris quelque nourriture.... A peine ai-je pris quelque nourriture, qu'il me retire toutes mes facultés pour les absorber dans la digestion... c'est cela qui me rend si paresseux... je suis bien à plaindre, allez... Oh! si je pouvais me passer de manger!... c'est alors que je travaillerais!... j'étudierais nuit et jour... et puis, puisque j'en suis sur le chapitre des confidences, que je vous dise encore (baissant un peu la voix et s'avançant sur le devant de l'estrade), les jambes me tiraillent, mes bras s'engourdissent... et alors ma pensée, toute ma pensée est au jeu... Allez travailler lorsque vous êtes dans cet état (il remonte)... impossible... je l'ai essayé encore hier... j'avais à analyser... *Les hommes sont de grands enfants*... croiriez-vous que je ne pus jamais y parvenir... ce nom *enfants* me faisait retomber..... mais constamment dans l'analyse de nos jeux... de la toupie je passais aux billes, des billes aux barres, des barres à la main chaude, de la main chaude à croix ou pile... je repassais ainsi tous nos jeux... et cela m'arrive... je ne dirai pas toujours... oh! non, pas si souvent... neuf fois sur dix... peut-être même dix-neuf fois sur vingt... je ne puis pas le préciser... mais c'est quelque chose comme cela... c'est dans cette proportion... (Il revient sur le devant de l'estrade.) Vous comprenez bien qu'alors il m'est impossible de me livrer au moindre travail... Ma tête se monte, mes jambes sont impatientes, mes bras exigeants... je ne puis plus tenir en place... je sors sans dessein prémédité... mais je sors prêt à me livrer au premier jeu qui me sera proposé... c'est ce qui m'arrive... Emporté par mes jambes, actionné par mes bras, poussé par ma tête, je me lance... je me lance... avec entrain... sans arrière-pensée... et je puis me vanter de remplir mon rôle aussi bien que le premier venu... que dis-je, aussi bien que le premier venu?... mieux que le premier venu... Quand je digère, c'est différend... oh! alors le meilleur jeu pour moi, c'est le culte à bien-aimée Paresse... Couché ou assis à l'ombre en été, auprès du feu en hiver... je me dévoue à elle sans restriction... Ce n'est pas ma faute, c'est celle de mon estomac... comme aussi c'est celle de mes jambes, de mes bras, de ma tête qui me poussent... me poussent au jeu... ou à me prélasser...

Même air.

Je vous l'ai dit, mes chers messieurs,
Mon estomac, lorsqu'il digère,
M'énerve et me rend paresseux
Au point de ne pouvoir rien faire;
Ou bien jambes et tête et bras,
Usant sur moi de leur empire,
Me poussent, malgré mes débats,
A tous les jeux qu'on pourrait dire.

DIVERTISSEMENT

POUR LA FÊTE D'UN INSTITUTEUR.

Air :

TOUS LES ÉLÈVES.

Eh vite, vite qu'on s'apprête,
Chantons ce jour avec ardeur !
Sonnez, clairon ; sonnez, trompette,
Sonnez pour notre instituteur...
Célébrons dignement sa fête,
Célébrons-la tous de grand cœur !...
Sonnez, clairon ; sonnez, trompette,
Nous fêtons notre instituteur.

UN ÉLÈVE, seul.

A la tendresse d'un bon père
Il joint pour nous tant de douceur,
Qu'il provoque dans chaque cœur
Le profond désir de lui plaire :
Rendons-lui, pour ses soins constants
Si prodigués à notre enfance,
Cette intime reconnaissance
Que jamais n'affaiblit le temps.

TOUS LES ÉLÈVES.

Eh vite, vite qu'on s'apprête, etc.

UN ÉLÈVE, seul.

Quels soins actifs, quelle constance
Il apporte à l'instruction !
Pour lui notre application
Est la plus belle récompense :

Appliquons-nous donc constamment,
Prouvons-lui, malgré notre enfance,
Qu'aujourd'hui la reconnaissance
Peut enflammer un cœur d'enfant.

TOUS LES ÉLÈVES.

Eh vite, vite qu'on s'apprête, etc.

UN ÉLÈVE, seul.

Rien n'égale sa modestie,
Si ce n'est son profond savoir!
Pour l'imiter il faut vouloir,
Sous lui la route est aplanie.
Pourquoi ne voudrions-nous point,
Quand pour nous la chance est si bonne?
Suivons bien les leçons qu'il donne,
Nous réussirons en tout point.

TOUS LES ÉLÈVES.

Eh vite, vite qu'on s'apprête,
Chantons ce jour avec ardeur!
Sonnez, clairon; sonnez, trompette,
Sonnez pour notre instituteur...
Célébrons dignement sa fête,
Célébrons-la tous de grand cœur!...
Sonnez, clairon; sonnez, trompette,
Nous fêtons notre instituteur.

Paris. — Typographie WALDER, rue Bonaparte, 44.

Paris. — Imprimerie Walder, rue Bonaparte, 44.

www.ingramcontent.com/pod-product-compliance
Ingram Content Group UK Ltd.
Pitfield, Milton Keynes, MK11 3LW, UK
UKHW021043180726
13838UKWH00004B/1989